MME CHIPIE

et la sirène

Collection

MONSIEUR MADAME PAILLETTES

M. Chatouille et le dragon

Mme Bonheur et la sorcière

Mme Canaille et la bonne fée

M. Heureux et le magicien

M. Bruit et le géant

Mme Chipie et la sirène

M. Peureux et les pirates

Mme Beauté et la princesse

Mme Chance et les lutins

M. Malchance et le chevalier

M. Costaud et l'ogre

Mme Têtue et la licorne

Mme Timide et la bonne fée

M. Curieux et le haricot magique

MME CHIPIE
et la sirène

Roger Hargreaves

hachette
JEUNESSE

Le problème, avec madame Chipie, c'est qu'elle n'arrête pas de faire des farces de chipie.

Un jour, par exemple, elle dit à monsieur Glouton : « Savez-vous qu'il y a une distribution de glaces gratuites au coin de la rue ? »

Monsieur Glouton s'y précipita. Mais ce qu'il ne savait pas, c'est que des ouvriers venaient de creuser un trou juste à cet endroit.

Monsieur Glouton tomba droit dedans. BOUM !

Madame Chipie trouva cela très drôle.

Pas monsieur Glouton.

Mais le problème, quand on fait sans arrêt des farces, c'est qu'elles se retournent parfois contre soi.

C'est exactement ce qui arriva à madame Chipie quand elle partit en vacances à la mer.

Les deux premiers jours, elle s'amusa comme une folle !

Elle éclaboussa madame Beauté et accusa madame Bavarde, qui fut injustement arrosée en retour.

Puis madame Chipie envoya du sable dans la figure de monsieur Costaud et accusa monsieur Atchoum.

Alors monsieur Costaud enterra monsieur Atchoum dans le sable !

Madame Chipie s'amusait vraiment beaucoup :
elle n'avait jamais fait autant de farces !

Le troisième jour, elle prit le bateau avec monsieur
Méli-Mélo et madame Autoritaire pour aller pêcher.

Madame Chipie réfléchissait aux farces qu'elle pourrait
faire lorsqu'elle sentit une secousse au bout de sa canne
à pêche.

« J'ai attrapé un poisson ! » cria-t-elle joyeusement.

Il y eut ensuite une nouvelle secousse, beaucoup
plus forte. Si forte que madame Chipie passa
par-dessus bord !

Elle se retrouva immédiatement dans l'eau.

Madame Chipie lâcha sa canne à pêche,
mais quelque chose ou quelqu'un attrapa
son pied et l'attira vers le fond.

Ce n'est qu'une fois au fond de l'océan
qu'elle découvrit qui l'avait entraînée ainsi.

C'était une sirène !

« Quelqu'un désire vous voir », dit-elle
à madame Chipie, qui n'en croyait pas ses yeux.

« Ramenez-moi à la surface ! » exigea madame Chipie.

« Plus tard, dit la sirène. Suivez-moi. »

Madame Chipie obéit et se laissa guider par la sirène
à travers les fonds marins.

Elles arrivèrent bientôt dans un massif de corail.

« Où m'emmenez-vous ? » demanda madame Chipie.

« Vous le saurez bientôt », lui répondit la sirène.

Au milieu du massif, il y avait une étendue de sable
et, au milieu de cette étendue, un trône sculpté dans
le corail. Et sur ce trône était assise la reine des sirènes.

« Voici madame Chipie, votre Majesté », dit la sirène.

« C'est donc vous qui avez causé tous ces problèmes
sur ma plage ! dit la reine des sirènes, très en colère.
Il est temps que vous appreniez à mieux vous comporter.
Plus question d'arroser les gens ou de lancer du sable
partout. »

« Mais ce n'était pas moi ! s'exclama madame Chipie.
C'était madame Bavarde et monsieur… »

À la grande surprise de madame Chipie,
ce ne fut pas le mot « Atchoum » qui sortit,
mais une bulle. Et à chaque fois qu'elle essayait
de dire ce mot, elle faisait une nouvelle bulle.
Bientôt, une multitude de bulles sortit de sa bouche !

« Ce n'est pas bien d'accuser les gens à tort
et de leur causer des ennuis, dit la reine des sirènes.
À partir de maintenant, à chaque fois que vous ferez
une farce et que vous essaierez d'accuser quelqu'un
d'autre, tout ce qui sortira de votre bouche, ce sont
des bulles ! Vous pouvez repartir, à présent. »

La sirène ramena madame Chipie jusqu'à l'entrée
du massif de corail, où un dauphin les attendait.

« Ce dauphin va vous raccompagner à la surface.
Mais n'oubliez pas les paroles de la reine »,
lui conseilla la sirène.

Madame Chipie s'accrocha à la nageoire du dauphin,
qui la ramena sur la plage.

La plage était pleine de monde. En regardant
le dauphin s'éloigner, madame Chipie eut une idée.

« Il y a un… ! » cria-t-elle le plus fort possible.
Mais à la place du mot « requin », c'est une grosse
bulle qui sortit de sa bouche.

Puis une autre.

Tout le monde la regardait avec des yeux ronds.

Se sentant ridicule, madame Chipie rentra chez elle.

Le lendemain matin, elle se sentait beaucoup mieux.

De retour sur la plage, elle aperçut madame Bonheur qui prenait un bain de soleil. Madame Chipie s'avança sans bruit et lui lança une glace sur la tête.

« Qui a fait ça ? » hurla madame Bonheur.

« C'est… » commença madame Chipie.

Elle allait dire « monsieur Pressé », mais tu as deviné ce qui sortit de sa bouche à la place, n'est-ce pas ?

Une énorme bulle !

Et puis plein d'autres bulles !

Et ce n'est pas tout.

« Comment avez-vous pu ? » s'écria madame Bonheur en lui jetant à la figure ce qui restait de la glace.

Madame Chipie ne pouvait rien dire.

En fait, elle ne pouvait plus parler.
Seulement faire des bulles.

Et le temps s'écoula ainsi.

À chaque fois que madame Chipie essayait de faire une farce, la même chose se reproduisait.

À la fin de la semaine, elle avait abandonné son activité favorite. À la place, elle fit des châteaux de sable !

Et elle devint si habile qu'elle gagna la compétition ! Elle était très heureuse, jusqu'à ce qu'elle découvre sa récompense…

… une année gratuite de bains à bulles !

RÉUNIS VITE LA COLLECTION ENTIÈRE

 1 MME AUTORITAIRE

 2 MME TÊTE-EN-L'AIR

 3 MME RANGE-TOUT

 4 MME CATASTROPHE

 5 MME ACROBATE

 6 MME MAGIE

 7 MME PROPRETTE

 8 MME INDÉCISE

 9 MME PETITE

 10 MME TOUT-VA-BIEN

 11 MME TINTAMARRE

 12 MME TIMIDE

 13 MME BOUTE-EN-TRAIN

 14 MME CANAILLE

 15 MME BEAUTÉ

 16 MME SAGE

 17 MME DOUBLE

 18 MME JE-SAIS-TOUT

 19 MME CHANCE

 20 MME PRUDENTE

 21 MME BOULOT

 22 MME GÉNIALE

 23 MME OUI

 24 MME POURQUOI

 25 MME COQUETTE

 26 MME CONTRAIRE

 27 MME TÊTUE

 28 MME EN RETARD

 29 MME BAVARDE

 30 MME FOLLETTE

 31 MME BONHEUR

 32 MME VEDETTE

 33 MME VITE-FAIT

 34 MME CASSE-PIEDS

 35 MME DODUE

 36 MME RISETTE

 37 MME CHIPIE

 38 MME FARCEUSE

 39 MME MALCHANCE

 40 MME TERREUR

 41 MME PRINCESSE

DES **MONSIEUR MADAME**

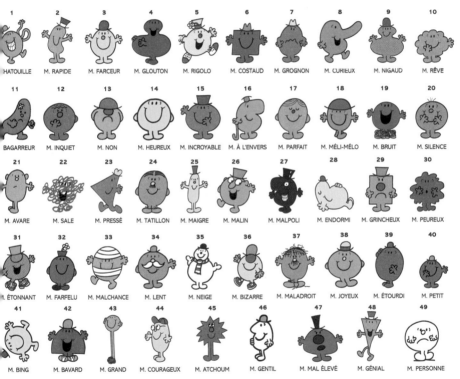

| 1 HATOUILLE | 2 M. RAPIDE | 3 M. FARCEUR | 4 M. GLOUTON | 5 M. RIGOLO | 6 M. COSTAUD | 7 M. GROGNON | 8 M. CURIEUX | 9 M. NIGAUD | 10 M. RÊVE |

| 11 BAGARREUR | 12 M. INQUIET | 13 M. NON | 14 M. HEUREUX | 15 M. INCROYABLE | 16 M. À L'ENVERS | 17 M. PARFAIT | 18 M. MÉLI-MÉLO | 19 M. BRUIT | 20 M. SILENCE |

| 21 M. AVARE | 22 M. SALE | 23 M. PRESSÉ | 24 M. TATILLON | 25 M. MAIGRE | 26 M. MALIN | 27 M. MALPOLI | 28 M. ENDORMI | 29 M. GRINCHEUX | 30 M. PEUREUX |

| 31 M. ÉTONNANT | 32 M. FARFELU | 33 M. MALCHANCE | 34 M. LENT | 35 M. NEIGE | 36 M. BIZARRE | 37 M. MALADROIT | 38 M. JOYEUX | 39 M. ÉTOURDI | 40 M. PETIT |

| 41 M. BING | 42 M. BAVARD | 43 M. GRAND | 44 M. COURAGEUX | 45 M. ATCHOUM | 46 M. GENTIL | 47 M. MAL ÉLEVÉ | 48 M. GÉNIAL | 49 M. PERSONNE |

Édité par Hachette Livre - 43 quai de Grenelle 75905 Paris Cedex 15
Dépôt légal : août 2005
ISBN : 978-2-01-224884-7
Loi n° 49-956 sur les publications destinées à la jeunesse.
Imprimé et relié en France par I.M.E. à Baume-les-Dames